Hugophilies

PAR

Olivier de GOURCUFF

Président des " Hugophiles "

Illustrations de Jacques POHIER

PARIS

Librairie LÉON VANIER, Éditeur

A. MESSEIN, Succr

19, Quai Saint-Michel, 19

1906

J'adresse mes bien vifs remercîments à l'auteur de la couverture illustrée et des dessins, M. Jacques POURRA, un jeune artiste breton qui a déjà fait brillamment ses preuves et qui a montré une fine et profonde intelligence du génie de Victor Hugo.   O. de G.

SOMMAIRE

HUGOPHILIES

PAR

Olivier de GOURCUFF

Président des " Hugophilies "

ILLUSTRATIONS DE JACQUES POHIER

PARIS

LIBRAIRIE LÉON VANIER, Editeur

A. MESSEIN, Successeur

19, quai S.-Michel

1906

Elections de l'Assemblée Générale des Hugophiles

DU DIMANCHE 15 OCTOBRE 1905

BUREAU D'HONNEUR

Présidents
- M. Paul MEURICE ;
- Mme SÉVERINE.

Vice-Présidents
- M. Emile BLÉMONT ;
- M. MOUNET-SULLY, doyen de la Comédie-française
- M. Paul EUDEL.

BUREAU EFFECTIF

Président : M. Olivier de GOURCUFF.

Vice-Présidents
- M. AUGÉ DE LASSUS ;
- M. BONNEVAL ;
- M. Henry DE FARCY.

Secrétaire-Général : M. Georges VOISIN ;

Secrétaire : M. Julien LARROCHE ;

Secrétaire-Adjoint : M. Armand TARDY ;

Trésorier : M. Armand COMPÈRE ;

Trésorier-Adjoint : M. Georges AUBINEAU ;

Directeur des fêtes (nommé par le Bureau) : M. Albert MARIA.

Veules les Roses (Seine Inf.)
10 juillet 1905

Monsieur le Publiciste et cher confrère,

Le 2 Décembre 1851, au matin, Victor Hugo
quittait la maison de la rue de la Tour d'Auvergne
qu'il habitait depuis deux ans à peine. Il la quittait
pour n'y jamais rentrer; et, avant de partir pour
l'exil, il s'en alla errer pendant plusieurs jours,
sans asile, à travers Paris, pour lutter, avec Baudin,
Schoelcher, Jules Favre, contre le coup d'état
triomphant tel et le sauvait qui s'attarde à attendre.
C'est bien à la Société des Hugophiles
que vous présidez avec une piété si émue, d'avoir
voulu, dans l'île de sa habitation, raviver la maison
et le souvenir.

J'aurai le regret d'être absent de Paris
le jour de votre nouvelle manifestation, mais croyez
que je serai de cœur au milieu de vous.

Paul Meurice

COMÉDIE FRANÇAISE

Administration Générale

Monsieur et Cher Ministre,

[texte manuscrit en grande partie illisible]

Votre dévoué

Jules Clarétie

7 Juillet.

UN PEU D'HISTOIRE

La Société " Les Hugophiles " est née, le 23 mai 1901, d'une fervente admiration pour Victor Hugo et du désir, inné chez les Français, d'honorer la langue et la littérature nationales dans la personne d'un de leurs plus glorieux représentants.

Le mot " hugophile ", d'après l'étymologie grecque, veut dire " ami de Hugo ". Celui dont l'œuvre littéraire et sociale se résume en un mot " amour ", méritait, avant tout, d'être aimé ; ses disciples l'ont compris.

Il faut rendre à César ce qui lui appartient, à Georges Voisin aussi. Le jeune professeur de diction, dont l'Association polytechnique, la Société de Lecture et d'Enseignement moderne ont mis en relief les qualités, fait valoir le zèle infatigable, eut la première idée de grouper ceux qu'un terme impropre, renouvelé des luttes romantiques, désignait encore sous le nom d'hugolâtres. La Société fut fondée avant même que d'avoir un titre. A l'une des séances du début, M. Camaillac la baptisa heureusement, il trouva le terme très juste et parfaitement euphonique d'hugophile : création spontanée et qui lui fait le plus grand honneur, terme aujourd'hui adopté par la presse entière, consacré par les lexiques autorisés.

*Le recrutement des adhérents, l'élaboration des Statuts, une
réunion organisée par Paul Séguy à l'Université populaire
du Faubourg Saint-Antoine, une conférence avec auditions à
l'Institut des Arts, marquent les premières étapes de la Société.*

*Quelques jours avant la célébration du centenaire du
26 février 1902, elle s'affirme par un coup d'éclat. Dans la
grande salle des fêtes de la Mairie du XVIᵐᵉ arrondissement
se transporte un public que n'a pu contenir la salle des ma-
riages : il applaudit quelques mots de notre vice-président
d'honneur, M. Emile Blémont, une éloquente conférence d'un de
nos vice-présidents effectifs, M. Augé de Lassus, et donne la satis-
faction à l'autre vice-président — que j'étais alors — de lui
présenter, à côté d'artistes hugophiles, Georges Voisin, Albert Maria, Mme Morena Ibanez, deux excellents pension-
naires de l'Odéon, Henry Perrin, Mlle Martineau. Le succès
de cette matinée du centenaire fut très grand; nous lui don-
nâmes bientôt pour pendant une conférence de M. Léo
Claretie, à la Mairie du IXᵐᵉ arrondissement, sur le Rire de
Hugo, suivie de la représentation du 1ᵉʳ acte d'Hernani (en
costumes) et de la récitation de quelques poèmes du Maître
par la charmante Mlle Marcilly, de l'Odéon.*

*Il devient difficile de dénombrer les manifestations des
Hugophiles, de 1901 à 1905. Elles ont subi une interruption
de près d'une année, mais se sont succédé, depuis 1903, toujours plus brillantes. Il importe de mentionner, à part, les
anniversaires, les excursions et les fêtes dites de l'Arbre de
Noël.*

*Les anniversaires, celui de la naissance, celui de la mort,
sont toujours pieusement célébrés. Le 26 février 1904, nous*

avions organisé, aux divers domiciles parisiens du poète, une
série de pélerinages où furent dits, par d'excellents artistes,
des vers d'Emile Langlade, de Jean Plémeur, de Louis
Haugmard, d'Olivier de Gourcuff; un grand banquet, sous la
présidence d'honneur de Jacques Dhur, réunit les fervents du
Maître. Le 26 février 1905, après la visite obligée à la maison-musée de la Place des Vosges, dont M. Koch fit les hon-
neurs avec son exquise bonne grâce, où Julien Larroche et Ludo-
vic Garnica de la Cruz dirent des poésies, on alla à la Mairie
de Neuilly pour honorer ensemble les deux grands romantiques, Victor Hugo et Alfred de Musset, à qui la charmante
localité suburbaine va élever la belle statue de M. P. Granet.
Jacques Fenoux, Mlle Madeleine Roch, de la Comédie-Française, Mme Maguera, Mlle Derigny, de l'Odéon, des artistes
de l'Opéra et de l'Opéra-Comique rehaussèrent l'éclat de cette
fête en tout point réussie.

Le 22 mai est célébré plus gravement, mais non moins
pieusement que le 26 février. Le caveau du Panthéon, où le
vœu national a placé les restes du grand poète, se remplit de
la foule émue des Hugophiles et de leurs amis. Là encore,
que de chemin parcouru depuis l'origine ! En 1902, cinq
fidèles apportaient une couronne ; en 1904, une vingtaine de
personnes se groupaient derrière M. Jules Fagnant, chargé
de composer et de réciter la poésie d'usage ; en 1905, 45 ad-
mirateurs des deux sexes (nous les avons comptés) écoutaient
Georges Voisin déclamer mon poème « Trois Ombres », re-
produit dans ce volume.

La première partie de campagne eut lieu, le 19 juillet
1903, au bois de Meudon ; nous la baptisâmes « déjeuner

des rues et des bois », et il s'agissait de fêter, le verre en
main, les palmes académiques récemment décernées à Georges
Voisin. Les échos du bois cher aux amoureux redirent les
petits vers exquis du grand poète et l'on décida de placer les
excursions futures sous le vocable des recueils hugoliens. C'est
ainsi que le 4 octobre de cette même année 1903, le déjeuner
des Feuilles d'Automne groupait, à Saint-Germain, les Hugophiles autour de Séverine, et fournissait à la célèbre autho-
ress la matière d'une improvisation délicieuse; que, le 15 mai
1904, nous allions, à Montfort-l'Amaury, évoquer le souvenir
des Odes et Ballades et faire représenter, dans le plus mer-
veilleux des décors naturels, mon à-propos Le Poète, où je
tenais ma partie à côté d'Albert Recroix et de Mlle Deberge;
que, le 2 octobre 1904, le Château du peuple, au Bois de Bou-
logne, nous donnait l'hospitalité pour la fête littéraire et musi-
cale des Chants du Crépuscule.

En 1905, pour notre excursion de printemps, nous sommes
revenus aux Chansons des rues et des bois. Il y a, dans ce
recueil, des vers galants sous un titre simple « Choses écrites
à Créteil. » En fallait-il davantage pour nous entraîner, par
un beau dimanche de mai, sur les bords de la Marne ? Pour
Hugo et nous, la municipalité fit bien les choses : le 1er ad-
joint, M. Leroyer, prononça le plus aimable des discours : la
Marseillaise, jouée par la fanfare du lieu, nous accueillit au
seuil de la salle des fêtes de la Mairie; que nous fîmes bientôt
retentir des strophes sublimes ou charmantes du Maître. Fut-
il jamais, même Chez Thérèse, fête plus exquise — ô Maria !
et mieux ordonnée — ô Aubineau !

Les parties de campagne sont le côté agréable; fidèles au

précepte latin, nous n'avons jamais négligé le côté utile. Nous avons, sur l'initiative de Mme Voisin mère et sous le nom de fêtes de l'Arbre de Noël, institué des matinées annuelles où nous distribuons aux enfants les plus déshérités des joies de la vie, le jouet qui les amuse, le vêtement qui leur tient chaud. Cette coutume, si intimement liée à la plus poétique des fêtes chrétiennes, nous la renouvelons de Victor Hugo lui-même, qui invitait chaque année, à son arbre de Noël, les enfants pauvres de Guernesey. Nous choisissons un quartier populeux, Montmartre en 1904, Montrouge en 1905, pour y faire le plus de bien et y répandre le plus de bonheur que nous pouvons. A l'œuvre philanthropique, qui nous a valu de nombreux encouragements et la sympathie infiniment précieuse pour nous de M. Paul Meurice, nous ajoutons l'attrait d'un concert où se font entendre des compositeurs, des artistes aimés. Citons M. Siblot, de la Comédie-Française, M. Duparc, Mlle Aubry, de l'Odéon, M. Dassy, des Nouveautés, Mmes Gallois, Morena Ibanez, de Marthold, de Hasselgreen, de Wasilewska, Ramelot. L'excellent écrivain Jules de Marthold avait accepté la présidence d'honneur de notre « Arbre de Noël » de 1905.

Quelque chose manquait à notre Société, dont la Presse parisienne, provinciale, étrangère même signale avec empressement toutes les manifestations : c'était l'appui des Pouvoirs publics. Mon idée de placer un buste et une plaque commémorative dans la cour de la maison habitée par Hugo au moment du coup d'Etat (41, rue de la Tour-d'Auvergne), lui a donné cette consécration officielle. M. Chéron, chef du Cabinet de M. le Sous-Secrétaire d'Etat aux Beaux-Arts, est venu, le 21 juillet dernier, jour de la St-Victor, présider la cérémonie d'inauguration de la plaque et du buste. Il s'est assis à côté de M. Barillier, conseiller municipal nationaliste du quartier Rochechouart et a montré spirituellement que la poésie a le divin privilège de planer au-dessus de la politique. Il a comblé nos vœux en remettant les palmes à mes dévoués collaborateurs, Julien Larroche, secrétaire, Armand Compère, trésorier. Tous les assistants, en se retirant sous le charme des discours, d'une poésie de M. Fabre des Essarts, des vers des Châtiments, admirablement dits par Jacques Fenoux, de la Comédie-Française, Henry Perrin, de l'Odéon, Albert Recroix, Mlle Havard, emportaient la conviction que la Société des Hugophiles, triomphant des obstacles semés sur sa route, pouvait avec confiance envisager l'avenir. Les lettres que m'ont écrites à ce sujet MM. Paul Meurice et Jules Clarette, constituent, pour nous, de véritables titres de gloire. J'ai tenu à les reproduire en tête de ce volume.

Terminant ce court historique, je m'aperçois qu'il est, hélas ! bien incomplet. Je n'y ai parlé, ni de la représentation, sur la jolie petite scène du Manteau d'Arlequin d'Henry de Farcy, de la féerie philosophique, Mangeront-ils ? réputée injouable, et où Colson fut un inoubliable Airolo ; ni du relief que surent donner à mon Retour d'exil, en l'interprétant, le 4 Septembre 1905, à la Mairie du XVIIme arrondissement, Mme Lherbay, de la Comédie-Française, et Georges Voisin. Que d'oublis encore ! J'en demande pardon aux oubliés, surtout s'il se trouve parmi eux un hugophile aussi fervent que le président éphémère d'une Société durable.

Poëmes Dramatiques

VIEUX LIONS.

DIALOGUE DRAMATIQUE EN VERS

Représenté, les 4 et 5 avril 1903, au Manteau d'Arlequin

PERSONNAGES

Don Diègue, du *Cid*..................... MM. Novac
Don Ruy Gomez de Silva, d'*Hernani*. Colson

(La scène est au pays des ombres)

DON DIÈGUE (à part)

C'est bien un Espagnol, c'est quelqu'un de ma race
Qui, comme une âme en peine, évite et suit ma trace ;
Il est brisé par l'âge, il marche d'un pas lent
Et semble, ainsi que moi, caduc et chancelant. —

(S'adresssant à don Ruy)

Qui cherchez-vous, seigneur ?

DON RUY GOMEZ

                    Un homme qui comprenne
La langue au timbre d'or, altière et souveraine,
Qu'on parle de Castille en Aragon.

DON DIÈGUE

                                    Voici,
Celui que vous cherchez est devant vous.

DON RUY

                                    Merci. —
Et maintenant, souffrez, seigneur, que je me nomme :
Ruy Gomez de Silva, très chrétien gentilhomme,
Dont le dernier aïeul gagna cette toison ;
Vingt quartiers de noblesse illustraient ma maison.
Mais, comme un chêne ancien qui s'incline et qui tombe,
Tout mon passé repose avec moi dans la tombe.

DON DIÈGUE

A vos titres un seul peut répondre : Je suis
Père du Cid.

DON RUY

                  Ce nom rayonne dans nos nuits.
Pour nous, d'Espagne, il est le plus grand de l'histoire.
Chaque demeure était jadis un oratoire
Où, devant son image, entre amours et combats,
L'homme venait prier.

DON DIÈGUE

                        L'homme ne priait pas
De mon temps, il laissait ces faiblesses aux femmes.
La prière et l'amour amollissent les âmes ;
S'il n'avait pas aimé sa Chimène à la mort,
Mon fils même, mon fils aurait été plus fort.

DON RUY

Ne dites pas de mal de l'Amour ; je l'estime
Quand il a rendu l'homme égal à Dieu, sublime ;
Ses élus, dans la foule indifférente, iront
Toujours la flamme au cœur et l'auréole au front. —
Qu'une ingrate au fatal gibet les crucifie,
N'importe, ils ont connu le meilleur de la vie.
Par l'amour, doux tyran des êtres, j'ai souffert,
Avant que de mourir, les peines de l'enfer.
Sur les lèvres et dans les sombres yeux de celle
Qui, de mes os glacés, fit jaillir l'étincelle,
J'ai cru goûter l'extase et j'ai bu le poison.
Mais je tiens que l'Amour est l'unique raison
De vivre après l'Honneur. Comme la primevère
Fleurit sur un vieux mur, ainsi le front sévère
Et le cœur desséché peuvent encor s'ouvrir :
Ils trouvent, en aimant, la force de souffrir.

DON DIÈGUE

La force de lutter vaut mieux. Votre langage,
Autrefois, nous l'aurions trouvé bon pour un page,
Pour un de ces blondins qui charmaient les loisirs
Des châtelaines en attisant leurs désirs.
        (Don Ruy fait un mouvement, la main sur son épée)
Pardonnez-moi, seigneur, je vous blesse sans doute ;
Je suis un vétéran qui se trompe de route
Et, se croyant encore avec des batailleurs,
Tombe dans une fête.

DON RUY

             Injustes et railleurs
Sont les propos tombés d'une bouche ignorante.

Apprenez à connaître un homme qui se vante
De ne pas démentir une race de preux.
J'étais vaillant, j'étais puissant, j'étais heureux !
J'allais prendre, au déclin d'une vie honorée,
Ma nièce pour épouse et l'aurais adorée.
L'hiver ne devrait pas toucher au printemps, mais
Vous ne pouvez savoir à quel point je l'aimais.
Notre roi qui devint empereur, s'éprit d'elle —
Une femme se rend mieux qu'une citadelle,
Surtout quand la jeunesse attaque la beauté. —
Enfin, nul ne résiste au roi ; j'ai résisté ;
Carlos, chez qui perçait Charles-Quint se fit sage.
Mais le malheur nous vint d'un autre personnage,
Brigand et chevalier, grand d'Espagne et bandit,
Qui connut Dona Sol, hélas ! et la perdit.
Ce Hernani portait le trouble dans les âmes ;
Grand meneur d'hommes et grand corrupteur de femmes,
Il traversa ma vie en voleur, enfonçant
Ses griffes de lion dans ma chair et mon sang.
On peut courber le front sous le mal qui vous broie,
Mais dans l'ombre un poignard aux dents guetter sa proie.
J'attendis. — Je mourus au monde pour un seul,
Pour Hernani. Devant soulever mon linceul
Et reparaître quand sonnerait la vengeance,
Pour mon larron d'honneur je fus plein d'indulgence,
Sous la promesse qu'il se livrerait à moi
A mon premier signal. J'attendis sans émoi.
Un soir — c'était celui de leurs noces heureuses —
L'amoureux et la plus tendre des amoureuses
Tombèrent sous mes coups ; leur poème d'amour
Ebauché, s'acheva dans un autre séjour.
J'eus le spectacle affreux de leurs lèvres unies,

De leurs yeux prometteurs d'extases infinies !
Alors je détestai le jour où je suis né
Et mon cœur se brisa d'horreur : j'étais damné !

DON DIÈGUE

Si j'ai douté de vous, je vous rends mon estime ;
Mais pouviez-vous aimer cette femme sans crime ;
Vous son oncle, presque son père, pouviez-vous,
Pour sa jeunesse en fleur, avoir des désirs fous ?
Quand sur son front descend l'ombre des soirs moroses,
Convient-il qu'un vieillard se couronne de roses ?
Si l'épée est trop lourde à son bras, le baiser,
Sur sa joue amaigrie ira-t-il se poser ?
Pour avoir cru goûter de coupables délices,
Vous condamnez votre âme à d'éternels supplices !
O mon frère égaré, qu'aviez-vous de plus cher,
Le salut éternel ou les œuvres de chair ?

DON RUY

Oui, mon crime est affreux. Dieu sait si je l'expie :
Une mort volontaire au déclin d'une vie
Jusqu'alors honorée entre toutes, l'affront
De mes malheurs, de mes péchés couvrant mon front
D'une sueur de sang !... Mon cœur est une plaie,
Leur bonheur insolent me traîne sur la claie.
On dit que la vengeance est le plaisir des dieux ;
Elle m'est apparue un tourment odieux
Aux autres, même à moi.

DON DIÈGUE

                              Je blâmais tout à l'heure
Votre faute, à présent sur la mienne je pleure.
Oui, je me suis vengé, vieillard au fol orgueil,

Corps dévasté par l'âge et promis au cercueil,
Vengé jusqu'à la mort. Le soufflet sur ma joue
Mettait à mon blason une tache de boue
Que j'ai voulu laver dans le sang. C'était bien,
Si pour vaincre ou mourir j'avais offert le mien,
— J'en devais seulement compte au juge suprême —
Mais, sacrifiant tout au souci de moi-même,
J'osai risquer le sang de mon fils, de celui
Sur qui déjà la gloire étoilée avait lui,
Champion de l'Espagne, honneur de ma famille,
Et comble de misère, amoureux de la fille
De l'homme dont j'ai fait son ennemi mortel.
Mon cruel appétit de vengeance fut tel
Qu'exposant une vie et la plus précieuse
De toutes, la jetant dans la capricieuse
Balance du destin, je n'eus pas de remords,
Et pour être vengé, je bravai mille morts.
Mon fils sortit vainqueur de la terrible épreuve,
Ayant tué le comte. Au lieu d'être sa veuve,
Sa Chimène orpheline, ardente à le punir,
Lui devint ennemie et voulut le haïr...
La Poésie a mis sur l'histoire connue
Le charme des beaux vers, mais la vérité nue
C'est que tant de malheurs sont mon œuvre. L'écueil
Sur lequel se brisa mon navire est l'orgueil.
Toute gloire s'éteint dans le sépulcre, et comme
Je vécus en chrétien bien moins qu'en gentilhomme,
Comme je fis couler des larmes et du sang,
S'appesantit sur moi le bras du Tout-Puissant.

DON RUY

Que fautes ou malheurs nous rapprochent, mon frère,

Nous gardons sous leurs coups notre âme droite et fière ;
Nos glaives et nos cœurs sont faits du même acier.
Chacun de nous ressemble au rude justicier
Vers qui des suppliants tendent leurs mains avides,
Et nous sommes, sous nos orbites creux et vides,
Affranchis à jamais de nos chairs, vils lambeaux,
Les hommes de granit sculptés sur nos tombeaux.

DON DIÈGUE

Lorsque sous les arceaux des vieilles cathédrales,
Tintent lugubrement les hymnes sépulcrales,
Qu'un peuple fait sonner les dalles sous ses pas,
La statue est muette et ne s'anime pas.
L'image que, nouveau Prométhée, a pétrie
En ses doigts le poète avec idolâtrie,
Qu'il cisela longtemps dans le plus dur métal,
Qu'il fit sonore ainsi que le plus pur cristal,
Où le rêve s'est fait la vie, où se devine
Sous la forme achevée une grâce divine,
Cette œuvre-là résiste à l'injure des temps.
Les soirs enténébrés, les midis éclatants
La retrouvent intacte et (vivante merveille !)
Quand meurt un siècle, au seuil d'un autre elle s'éveille.

DON RUY

La Poésie est l'art entre tous souverain,
Fait de chair et de vie et de marbre et d'airain,
Assouplissant le verbe aux strophes cadencées
Et régnant sur le monde immense des pensées ;
Rayonnante surtout dans le drame, elle prend
Un homme pour le faire immortellement grand.
Ainsi, nous deux, qu'elle a recouverts de ses voiles,
Elle nous fait heurter de nos fronts les étoiles.

DON DIÈGUE

Nos poètes, ces fils radieux d'Apollon,
Tracèrent un si vaste et lumineux sillon
Que tout homme qui pense après eux y chemine.
Celui qui me conquit à l'Espagne, domine
Le Roi-Soleil ; les yeux se baissaient éblouis,
Devant sa majesté, mais Corneille et Louis
Pouvaient se regarder en égaux face à face,
Et le poète au libre esprit dont rien n'efface
Le verbe est au-dessus du monarque hautain
Car les rois sont toujours les jouets du destin.
Comme à la plus ardente et noble des escrimes,
Corneille a su se rompre au jeu serré des rimes ;
Mais il pense avant que d'écrire et son pouvoir
Sur les âmes tient dans trois mots : Fais ton devoir.

DON RUY

Victor Hugo ravit son époque et l'étonne.
Tantôt sa grande voix est le canon qui tonne,
Tantôt, mélodieuse, elle est un chant d'oiseau.
Certes, il ne prit pas sa flûte de roseau
Le jour qu'il me créa, son clairon de bataille
Évoquait du passé les hommes de ma taille.
Mais si dur qu'il m'ait fait, si cuirassé de fer,
Ayant l'inquiétude atroce de l'enfer,
Je tends mes bras trop lourds et mes lèvres arides
Vers le lac qu'il rêva, le lac pur et sans rides
Où sous le ciel d'azur et sur les flots dormants
Se promène le couple idéal des amants.
Parlant à ces enfants gâtés de son génie,
Il leur dit : Soyez bons. Ce mot — une harmonie —

A traversé son œuvre et malgré nos rancœurs
Réveille des échos de bonté dans nos cœurs.

DON DIÈGUE

Oui, faire son devoir en étant bon, paraître
Un disciple du Christ et non pas un vieux reître,
Répandre sur le monde, ébloui d'un tel don,
Un dictame de paix, d'amour et de pardon ;
Faire que la barrière entre les hommes tombe,
Que de pieuses mains fleurissent chaque tombe :
Ce serait le salut ; pour les hommes mauvais
L'effort est grand, le but trop haut.

DON RUY

                                        Je le savais,
Ou croyais le savoir avant de vous entendre.
Quelque chose de très lointain et de très tendre
Par nos poètes a pénétré jusqu'à nous.
Si nous ne prions pas, nous courbons les genoux
Devant la majesté douce, ingénue et sainte
De la bonté qui vient illuminer l'enceinte
Où se ruait le groupe affreux des passions ;
Comme au cirque de Rome on voyait les lions,
Donnant une leçon aux empereurs satyres,
Adorer les pieds nus des chrétiennes martyres.

DON DIÈGUE

Mon frère, nous avions tort ; donnez-moi votre main.
Que la morgue espagnole et que l'orgueil romain
Fassent place en nos cœurs à la bonté sacrée ;
Nous cherchons un rayon de lumière dorée
Lorsque pèse sur nous la voûte des cieux lourds,
Et notre main de fer se gante de velours.

DON RUY

Le poète n'est plus poète, il est le père.
Le vôtre a dit : je crois ; le mien disait : espère !

DON DIÈGUE

Corneille, ce géant de marbre, s'attendrit.

DON RUY

Victor Hugo dans son Olympe chante et rit.

DON DIÈGUE

Nous sommes vieux, mais la sublime Poésie,
Sur nos lèvres ayant distillé l'ambroisie,
Nous donne de revivre en des âges meilleurs.

DON RUY

Sur une tour très haute on dirait deux veilleurs,
Dominant les moissons futures, près d'éclore,
Et plongeant leurs regards dans l'azur, vers l'aurore.

Sur ces derniers vers, le ciel s'est éclairci, des lueurs d'aube paraissent à l'horizon.

GAVROCHE ET MIDINETTE

SAYNÈTE EN VERS

Représenté au Rocher Suisse, le 25 décembre 1903

et au Grand Guignol, le 27 décembre

PERSONNAGES

Gavroche......................... Miles Mercédès Brare
Midinette .... Jeanne Vial

(Une rue déserte à Paris. — Au fond, un mur)

SCÈNE I

GAVROCHE

(Entrant par la droite)

Bonsoir, mon vieux Paris ! la fatigue m'assomme :
Je me sens grand besoin de dormir un bon somme ;
Mais il faut se coucher et je me demande où,
Etant sans domicile et n'ayant pas le sou.
J'ai du vice, dit-on, je ne suis pas trop bête,
Mais j'ai mes jours et je me creuse en vain la tête ;

Comme mon estomac, elle est vide.

                                        On n'a pas
Chaque soir une idée et ses quatre repas.
J'ai turbiné dès l'aube autant qu'un homme libre,
Sans pouvoir mettre mon budget en équilibre.
J'avais du pain, mais un gosse dont j'eus pitié,
Plus petit et moins fort, m'en a pris la moitié.
J'ai sommeil et j'ai faim... A plusieurs, on se colle
Sous le pont d'Austerlitz ou sous le pont d'Arcole ;
C'est noir quand on est seul et ça sent le moisi.

                                        (Il regarde autour de lui)
Ce dortoir, après tout, n'est pas fort mal choisi.
Pendant les claires nuits, j'aime l'azur sans voiles ;
La rue étant déserte, on voit mieux les étoiles.
D'autres, je le sais bien, préfèrent un plumard :
C'est affaire de goût. Quand, après le trimard,
L'on se couche, l'on doit dormir partout :

                                        Personne !
Faisons notre toilette. Ah ! ceci me chiffonne
De manquer, pour poser ma tête, d'oreiller.
Ayant la tête haut, j'ai l'air de surveiller
Ce que fait le bon Dieu, cet allumeur céleste...

                                        (Il tire un livre de sa poche)
Un oreiller ! J'ai dans la poche de ma veste
Qu'il déforme, ce livre ; il est drôle, mais il
Fait perler une larme aux franges de mon cil.
Je l'ai trouvé dans un ruisseau ; ce qu'il raconte
Ce n'est pas une blague, une sottise, un conte,
C'est une histoire vraie arrivée à Paris...
Je ne sais pas trop lire et n'ai pas bien compris
D'abord : mais un grand gas, qui fait tourner la broche,
M'épèle avec son doigt l'histoire de Gavroche,

Enfant du peuple, mort pour Sainte Liberté ;
Je l'aime, je l'admire et son nom m'est resté,
Je suis Gavroche deux — la rue est mon empire ;
Dormons, en attendant qu'il m'arrive du pire
Avec, pour oreiller, ce glorieux bouquin.
Celui qui fit cela fut un rude pékin —
Foi de gavroche, et puisqu'ainsi chacun vous nomme,
Monsieur Victor Hugo, vous êtes un grand homme.

(Il bâille)

Ma chambre est faite, on ne m'en mettra pas dehors ;
L'homme au sable a passé, je vais dormir, je dors.

(Il se couche, ayant posé le livre sous sa tête, et s'endort)

SCÈNE II

LA MIDINETTE

(Elle entre vivement)

On est de son Paris, on croit bien le connaître,
Mais on s'y perd comme un enfant qui vient de naître ;
On ne voit pas la fin de ces nouveaux quartiers,
Mais on y marche à chaque pas sur des rentiers.
Et puis on est suivie un peu trop !

                    Ma patronne
M'a dit : Tu vas porter sa robe à la baronne,
(Une cliente ayant hôtel quartier Marbœuf).
C'est très chic, c'est rempli d'autos qui font teuf-teuf.
Moi je hais les autos, vive la bicyclette !
— L'ouvrière qui se respecte est midinette —
Donc j'arrive, je livre et je sors — mais voilà !
Je suis fille d'Eve et mon malheur vient de là ;
Je m'arrête un instant, j'entends : Mademoiselle,
Voulez-vous accepter ? — Je me sauve ! — La belle,
Me dit un plus hardi, qui m'ose offrir le bras.

Je me dégage un peu brusquement — patatras !
L'homme prend un billet de parterre — je file,
De rue en rue ainsi jusqu'au bout de la ville ;
Vieux marcheur, tu seras malin si tu me suis ;
Moi, je ne marche pas, mais j'ignore où je suis.

(Elle regarde le mur)

Pas même d'écriteau !

               Ma patronne, sévère,
A la prétention de me garder sous verre,
Et m'a dit : Sois rentrée à neuf heures — pour sûr !
Il en est dix et je suis seule au pied du mur.
Pas le moindre sergot pour m'indiquer ma route !
On se croirait aux champs, moins la chèvre qui broute ;
C'est le désert en plein Paris, j'ai peur, je vais
Vers le monde. —

(Elle avise Gavroche endormi et fait un soubresaut)

          Tiens, cet enfant que je n'avais
Pas vu : comme il dort bien la tête sur un livre !
Pauvre enfant ! le sommeil, sans doute, le délivre
Des soucis de la vie ! Eveillons-le pour voir. —
Non, ce serait cruel, mais je voudrais savoir
Ce qu'il pense, en sachant ce qu'il lit ; moi, je rêve
De romans-feuilletons, l'heure en paraît plus brève,

(Elle regarde Gavroche)

Gosse, il n'a pas encore à la lèvre un duvet,
Et déjà s'est offert un livre de chevet.

*(Avec des précautions infinies elle prend le livre sous la tête de
Gavroche, qui fait un mouvement sans s'éveiller)*

Ah ! je le tiens.

(Regardant la couverture)

        Victor Hugo. — *les Misérables ;*
Mais je l'ai lu — ce sont des contes admirables,

Des histoires plutôt, qui font rêver debout :
Comment Gavroche mit troupe et police à bout,
Comme il se divertit des mauvais tours qu'il joue ;
Mais j'ai senti couler des larmes sur ma joue,
Quand il meurt après qu'il a chanté deux ou trois
Chansons ; on a corné la page aux bons endroits.

(Elle lit et fredonne)

Voici la lune qui paraît,
Quand irons-nous dans la forêt ?
Demandait Charlot à Charlotte.

(Gavroche s'éveille en entendant chanter, se frotte les yeux, se dresse sur son séant)

SCÈNE III

GAVROCHE, MIDINETTE

GAVROCHE

(A part)

Je rêvais de campagne, et c'est l'oiseau qui chante.

(Il se lève)

Tout de même, elle a pris mon livre, la méchante.

(Il arrive près de Midinette qui continue sa lecture, et d'un ton gêné)

Mademoiselle.....

MIDINETTE

(D'abord intimidée, se remettant vite)

Je vous prie, excusez-moi,
Je l'avais emprunté pour le rendre.

GAVROCHE

(Qui a repris son assurance)

Ma foi,

Je l'aurais regretté pour ce qu'il me rappelle,

Mais je le sais par cœur tout du long — oui, la belle,
Vous n'avez pas besoin de tourner le feuillet ;
Je vais chanter, moins bien que vous, l'autre couplet.

> Pour avoir bu de grand matin
> La rosée à même le thym
> Deux moineaux étaient en ribotte.

MIDINETTE

C'est gentil.

GAVROCHE

Mais des fois c'est triste.

MIDINETTE

Oui, des choses !
C'est comme qui dirait du sang avec des roses.
Moi, du même, j'ai lu d'autres livres.

GAVROCHE

Moi, non ;
L'homme qui l'écrivit a, sans doute, un grand nom ;
Il est bon, ça vaut mieux, je l'aime, car il aime
Ceux qui souffrent et les petits comme moi-même ;
Je crois qu'il aimerait aussi vos jolis yeux
De pervenche, à travers lesquels on voit les cieux.

MIDINETTE

Fi, le vilain flatteur !

GAVROCHE

Je dis ce que je pense.
Un sourire de vous sera ma récompense.

MIDINETTE

Soit ! mais laissons dormir Monsieur Victor Hugo.
Et veuillez me remettre en mon chemin tout d'go.
Hors la Bourse et Montmartre aisément je m'embrouille.

GAVROCHE

Vous êtes bien tombée avec moi — je me grouille
Depuis que je naquis au quartier Mouffetard,
Dénommé parce qu'on y mouche maint moutard.
Je puis vous assurer que le nouveau Gavroche
Connaît Paris, son vieux Paris, comme sa poche.
Ma poche — ou bien Paris — est un gouffre profond
Que je creuse toujours sans en trouver le fond...
Et votre nom, à vous ?

MIDINETTE

(Avec un peu d'hésitation)
Je suis...

GAVROCHE

(Vivement)
La Midinette.
Pas n'est besoin de me poser la devinette —
La petite ouvrière experte en son métier
Et que notre Paris dispute au monde entier.
Sommes-nous pas tous deux — pardon ! — gamin, gamine ?
Mais vous avez, étant femme, meilleure mine.

MIDINETTE (riant)

Va donc pour Midinette et menez-moi chez nous.

GAVROCHE

Et si l'on nous voyait bras dessus bras dessous !

MIDINETTE

On me prendrait alors pour votre sœur aînée.

GAVROCHE (pompeux)

A peine si je suis plus jeune d'une année
Et l'on me donne plus que mon âge, je vais
Sur mes quinze ans, c'est comme si je les avais.

MIDINETTE (riant)

Ma parole, on dirait un acteur de théâtre !

GAVROCHE (même ton)

Oui, c'est un passe-temps dont je suis idôlàtre ;
Je connais l'Ambigu, la Porte-Saint-Martin —
J'y vais au paradis ; de plus heureux destin
Il n'en est pas quand on joue une comédie.

MIDINETTE

Moi, j'aime mieux le drame.

GAVROCHE

                  Ah ! petite hardie,
Vous cachiez votre jeu. —

MIDINETTE

                  Hélas ! à quoi me sert
D'avoir bon goût ? on me mène au café-concert.

GAVROCHE

On ? qui ça ?

MIDINETTE

        Mes parents.

GAVROCHE

Lorsque je serai riche,
Et que Victor Hugo paraîtra sur l'affiche,
Nous irons aux Français —

MIDINETTE (minaudant)

Toute seule avec vous ?

GAVROCHE

Et pourquoi pas ? les plus sages seront les fous
Ce jour-là. Vous verrez — la maison est honnête,
Et Gavroche y peut bien conduire Midinette.

(Ils sortent en se tenant par la main)

RIDEAU

LE POÈTE

A-PROPOS EN UN ACTE, EN VERS

*Représenté à Montfort-l'Amaury, sur l'esplanade du
château, le dimanche 15 mai 1904*

PERSONNAGES

Victor Hugo (23 ans)... MM. Albert Racroix

Le Chemineau (50 ans)   Olivier de Goncourt

Adèle Hugo (22 ans)... Mlle Jeanne Darreaox, *des Variétés*

SCÈNE I

VICTOR HUGO, ADÈLE HUGO

VICTOR

Comme le ciel est pur ! Comme l'âme se noie
Dans une impression de repos et de joie !
Chère, ne l'ai-je pas bien choisi ce séjour
Pour en faire l'abri discret de notre amour ?

Les murmures confus et les vagues du monde
Viennent ici s'éteindre ou se briser.

                                        Profonde

Est cette solitude. Il n'est rien de plus doux
Que de s'y partager entre la Muse et vous...

                                        (Riant)

Pardon — la Muse et vous, c'est la même personne.

                    ADÈLE

La parole flatteuse à mon oreille sonne
Et se fraie un sentier fleuri jusqu'à mon cœur...
Faut-il vous prendre au mot ou vous croire moqueur ?

                                (Il fait un mouvement)

Vous froncez le sourcil ? Eh bien ! je vous le jure,
A la face du ciel et devant la nature,
Ce serait mon orgueil et mon enchantement
D'avoir mon humble part dans vos vers, mais comment
Y serais-je, moi qu'ils charment, pour quelque chose ?

                    VICTOR

Ils se posent sur vous, comme sur une rose
Des papillons.

                (Tous deux s'assoient en vue du château)

                    Tenez, en vous parlant, j'avais
L'oubli du siècle impur et du monde mauvais.
Il me semblait (c'était une vaine apparence)
Revivre au temps passé, dans une vieille France.
La tour qui croule était pleine de chevaliers
S'armant pour la croisade et de gais timbaliers
Rythmant un pas guerrier comme une sérénade ;
On allait à la mort comme à la promenade ;
Le Moyen Age entier, ses moines, ses vassaux,
Emplissait de rumeur les gothiques arceaux.

De cette illusion, brillante autant que brève,
Une ombre subsista, quand s'effaça le rêve :
La Châtelaine aux yeux de mystère, à la voix
De fauvette chantant sa peine au fond des bois ;
Vous, qui m'apparaissiez à la haute fenêtre,
Donnant l'essor à mon rêve, le faisant naître ;
Vous, la femme de tous les lieux, de tous les temps,
Que j'attendais pensif, qu'extasié j'entends.

ADÈLE (distraite, regardant un nuage qui passe)

Regardez ce nuage ; il va, loin d'où nous sommes,
Porter les faux serments que prodiguent les hommes,
Serments de foi, serments de loyauté, d'amour...
On dirait qu'il salue au passage la tour,
Il va vers le Midi.....

VICTOR (rêveur)

Vers Venise, vers Arles,
A moins qu'il ne s'arrête à la cour du roi Charles,
Qui n'est pas Charlemagne, hélas ! ou Charles Quint.

ADÈLE (souriante)

Railliez-vous votre roi ?

VICTOR

Je serais un faquin
Restant son poète et son serviteur fidèle —
Il n'est pas de plus noble et vertueux modèle ;
J'ai la fête du Sacre encore sous les yeux...

ADÈLE

Vos hymnes, tel l'encens de Reims, montent aux cieux ;
J'aime y trouver l'écho de nos gloires passées.

Mais un souffle plus large anime vos pensées
Quelquefois... nous voulons que fleurissent les lis ;
Mais, glorieux, d'autres destins sont accomplis :
Rappelez-vous que l'aigle a tenu dans sa serre
Les couronnes des rois et d'un bout de la terre
A l'autre promené les couleurs du drapeau.

VICTOR (ému)

Le fils du général vous répond : c'était beau !...
(Un chemineau, gravissant la pente, paraît sur l'esplanade)
Mais qui vient nous troubler ?

ADÈLE

Un pauvre homme, sans doute,
Venu de loin, qui vers Paris cherche sa route.

SCÈNE II

VICTOR, ADÈLE, UN CHEMINEAU

(Simultanément, Victor et Adèle se dirigent vers le chemineau
et lui offrent de l'argent)

LE CHEMINEAU

Merci, je ne suis pas un mendiant.

VICTOR ET ADÈLE

Pardon !

LE CHEMINEAU

Ne vous excusez pas. J'accepterais tout don
Si j'avais à nourrir des enfants, une femme ;
Mais plus d'un va-nu-pieds, plus d'un gueux qu'on diffame
Poursuit, quand on lui fait l'aumône, son chemin,

Sans détourner la tête et sans tendre la main.
J'ai mes bras, je suis seul.

ADÈLE

Vous venez ?

LE CHEMINEAU

De Bretagne,
Pays où le labeur est dur, âpre campagne.

VICTOR

Vous allez ?

LE CHEMINEAU

Devant moi, c'est-à-dire à Paris ;
On y peut (paraît-il) travailler pour le prix.
Puis de gagner beaucoup il ne m'importe guère :
On vit à peu de frais quand on a fait la guerre.

VICTOR

Ah ! vous étiez soldat.

LE CHEMINEAU (fièrement)

Sergent ! n'ayez pas peur ;
J'ai servi — faut-il en rougir ? — sous l'Empereur...

(Moment de silence)

Oui, dans la grande armée, et n'en suis pas plus riche.
Mais, à travers les coups dont on n'était pas chiche
Pour en donner ou pour en recevoir, parmi
Les blessures qui vous laissaient mort à demi,
Le soleil espagnol, les neiges de Russie
Et les désastres dont l'étoile est obscurcie,
Une joie, un orgueil me sont restés au cœur,
De m'être promené dans l'Europe en vainqueur

Et d'avoir vu les rois et les empereurs faire
Au Petit Caporal le salut militaire.

ADÈLE (pensive)

Et tant de souvenirs qui doivent vous hanter !

LE CHEMINEAU

Bien moins que vous croyez — A toujours se hâter
On oublie...
(Il semble écouter l'appel lointain d'un souvenir)
Une fois, nous étions en Espagne,
Assiégeant Saragosse et tenant la campagne
Sous le général comte Hugo...

VICTOR (l'interrompant brusquement)

Mon père !

LE CHEMINEAU (très calme)

Lui !

Comment n'êtes-vous pas militaire aujourd'hui ?
Ah ! je sais, les Bourbons n'aiment pas qui les brave...
Votre père était juste autant qu'il était brave,
C'est sous ses ordres que j'ai gagné mes galons...
Il aimait mieux le feu que les discours trop longs.

ADÈLE (attentive)

Ne nous direz-vous pas la fin de l'aventure ?

LE CHEMINEAU

Elle n'a pas le moindre intérêt, je vous jure.
Bref, le chef m'a nommé sergent...
Avant le noir,
Je veux avoir marché quelques heures. Bonsoir !
(Victor et Adèle font un mouvement pour le retenir. Il fait signe
que non et disparaît brusquement)

SCÈNE III

VICTOR, ADÈLE

(Tous deux se regardent, sans mot dire, quelques instants)

ADÈLE

Eh bien ?

VICTOR (désignant l'homme qui s'en va)

Voilà mon maître et je suis son élève.
J'ai cru, quand il parlait, que le tranchant d'un glaive
Séparait, dans le temps qu'un éclair aurait lui,
Le rêveur d'autrefois du penseur d'aujourd'hui...
Je tenais de ma mère, héroïque brigande ;
Je m'étais enrôlé dans les gars de sa bande,
Chassant dans les halliers de Vendée avec eux
Et comme des épis, j'aurais fauché les bleus...
Un pauvre vieux soldat passe, parle et tout change !
Le sol tremble soudain, l'air vibre, une phalange,
Dont la fauve splendeur rend jaloux le soleil,
Défile, aigles en tête, à l'horizon vermeil ;
Toute la Grande Armée est là qui me regarde,
Et mon père, au milieu d'un carré de la garde,
Semble me reprocher de n'avoir pas chanté
Ces héros en chemin pour l'immortalité.

ADÈLE

Votre âme, ô mon poète, est un clavier sonore
Où viennent se poser, palpitantes encore,
Les ailes des oiseaux chanteurs de tous les bois ;
Tous les échos, tous les appels, toutes les voix,
La fanfare du cor dans les forêts lointaines,

L'harmonieux concert des cloches plus prochaines
Y tintent tour à tour, y murmurent... Le lis
Après l'aigle et les rois peuvent être abolis :
Vous chanterez alors (pour votre fantaisie
Tout doit être, tout est musique et poésie)
Vous chanterez plus tard l'homme des temps nouveaux,
Ses plaisirs ingénus et ses rudes travaux,
Le lent achèvement de la cité future.
Chantez surtout ce qui ne meurt pas, la nature ;
Un radieux matin, ou le soir d'un beau jour,
C'est le cadre idéal que Dieu donne à l'Amour.

VICTOR

A la Femme surtout, dominatrice exquise,
Enchanteresse que sous vos traits j'ai conquise.
N'êtes-vous pas jolie à damner le plus saint
Sous l'écharpe aux couleurs d'arc-en-ciel qui vous ceint ?
Vous marchez, la déesse apparaît ; à vos charmes
Un soldat aurait dit qu'il faut rendre les armes.
Poète, je me rends à vous tout simplement.
Condition : l'époux sera toujours l'amant.

ADÈLE

Vous alliez oublier — ô crime impardonnable ! —
Ce qui rend l'union plus solide et durable :
Le petit dieu que le bon Dieu nous envoya
Et qui, depuis un an, tant de fois bégaya
Nos noms ; le cher et doux tourment de notre vie,
Qui la fait tour à tour ou troublée ou ravie,
En qui nous avons mis nos espoirs les meilleurs,
Tout traversés de crainte et tout mouillés de pleurs...

Votre fils veut sa part de vos chants, et j'espère
Voir bientôt le poète inspiré par le père.

VICTOR

Au diable aillent le roi, le pape et l'empereur !
Je retourne au logis, connaissant mon erreur.
C'est près de vous, ô bon génie, ô douce fée,
Que j'attends le bonheur, que j'espère un trophée.
Ce pays m'a rempli l'âme de volupté ;
Dans l'air pur, imprégné des parfums de l'été,
La cloche a sonné l'heure où notre fils s'éveille ;
Tel dans son nid l'oiseau, dans sa ruche l'abeille,
L'enfant murmure et nous rappelle à la maison :
Aux aînés de céder, les petits ont raison.

           (Ils descendent lentement, se tenant enlacés)

Paris, 25-29 avril 1904.

RETOUR D'EXIL

A-PROPOS EN VERS

*Représenté à la Mairie du XVIIᵐᵉ Arrondissement,
le dimanche 4 septembre 1904.*

PERSONNAGES

Victor Hugo (68 ans)..   M. G. Voisin

La Ville de Paris......   Mme Lherbay, de la Comédie-Française

(La scène se passe à Paris, le 4 septembre 1870)

VICTOR HUGO

Sur ton seuil vénéré je viens, cité lumière,
Secouer, ainsi qu'un vóyageur, la poussière
Que la route d'exil a laissée à mes pieds.....
Les maux sont oubliés, les forfaits expiés,
Puisque je te retrouve et pose au front auguste
De celle qui se fit gardienne du juste
Et disputa sa proie au crime triomphant,
Des baisers de proscrit, des caresses d'enfant.
Ton fils, pour te revoir, vient des rives lointaines,
Mère éternellement jeune, nouvelle Athènes !

LA VILLE (Comme s'éveillant d'un rêve)

Je me souviens de cette voix,
L'ayant entendue autrefois,
Vibrante du soir aux matines,
Dans les profondes Feuillantines;
Puis, comme un verbe souverain,
Rivale des cloches d'airain,
Elle sonnait les jours de fête,
Les jours de gloire et de tempête !.,.

(Avec une profonde tristesse)

En quel état tu me revois !
Paris, mon fils, est aux abois.
Sur notre beau pays de France
La défaite avec la souffrance
S'abattent, tels de noirs vautours,
Le drapeau tombe de nos tours.
Il faut à la France domptée
Non plus Homère, mais Tyrtée !...

VICTOR HUGO (avec élan)

Je serai ce poète. Au temps de nos aïeux,
Sur le front de l'armée, un barde chantait mieux.
Devant l'Europe qui croyait nous battre à l'aise,
Rouget de l'Isle a fait surgir la *Marseillaise*.

LA VILLE

Les hommes d'autrefois étaient vaillants et forts,

VICTOR HUGO

Les hommes d'aujourd'hui s'instruiront chez les morts,

LA VILLE

Il me peine et me plaît d'entendre ce langage;
Malgré moi, j'avais pris le pli de l'esclavage.

Parle encor, d'où te vint cette mâle vertu ?
Pendant que je dormais en paix, que faisais-tu !

VICTOR HUGO

Je veillais, j'ajoutais des cordes à ma lyre ;
Je travaillais dans l'ombre immense de Shakspeare.
D'abord, j'ai fait tenir toutes mes actions
Dans le cercle élargi des *Contemplations*.
Puis, j'ai ressuscité l'histoire : la *Légende*
Des Siècles a paru, voulant rendre plus grande
L'Humanité dressée enfin sur son séant.
Ainsi, j'étais allé du pygmée au géant.
Ensuite, revenant du géant au pygmée,
Ma main sur le stylet de Tacite fermée,
J'ai fait *Napoléon le Petit*... Juvénal,
Flétrissant un César odieux ou vénal,
M'a légué le secret des brûlantes colères
Par où mes *Châtiments*, sincèrement sévères,
Ont cloué le dernier Empire au pilori !...
Mais, à travers mes cris et mes larmes, j'ai ri,
Pour que l'homme semblât moins stupide ou moins lâche ;
J'ai ri, pour qu'un instant le drame fît relâche.
Trève au poème épique et place à la chanson !
Dans le bois ou la rue, on entend le pinson,
Qu'il ait des ailes ou qu'il s'appelle Gavroche.
Ce gamin de Paris est sorti d'une roche,
A Guernesey, certain soir que le vent de mer
Soufflait, venant de France, et semblait plus amer
A l'exilé. Contant des farces mémorables,
Il a mêlé son rire aux pleurs des *Misérables* ;
Ruy Blas ni Jean Valjean ne m'ont fait repentir
D'avoir donné la vie au gai petit martyr.

LA VILLE

Poète, c'est ainsi qu'il me plaît de t'entendre,
        Grand, généreux et tendre,
Associant sans blâme un sourire moqueur
        Aux élans de ton cœur.
Je me retrouve en te retrouvant; ta patrie
        Est vaincue et meurtrie;
Tu guériras sa plaie avec de simples chants.
        Quand l'alouette aux champs,
Par un matin d'avril en plein azur s'élève,
        Ni le tranchant du glaive,
Ni l'épervier cruel n'arrêtent son essor.
        Comme elle, chante encore!
Chante pour apaiser la discorde civile,
        Les douleurs de ta ville;
Fais monter dans l'air pur de cette fin d'été
        Un cri de liberté!

VICTOR HUGO (enthousiasmé)

Oui je vois, au milieu d'un tumulte de joie,
Monter la Liberté dans le ciel qui rougeoie.
Quatre-vingt-neuf renaît; le peuple veut s'offrir
Et répète son cri: Vivre libre ou mourir!
Pour la France et Paris chantons à perdre haleine
L'hymne républicain dont notre tête est pleine.
La guerre criminelle est sainte qui défend
Le tombeau de l'aïeul, le berceau de l'enfant.
La Patrie en danger veut que nos mains rougies
Du sang de l'ennemi montrent nos énergies.
Le vers est une épée et la phrase un fusil;
Paysan, prend ta faulx; ouvrier, ton outil!

Pour la levée en masse et l'honneur de la race,
Aiguisons le poignard, fourbissons la cuirasse.
L'espoir et l'avenir du monde sont ici :
Si l'année est terrible, elle est sublime aussi.

LA VILLE

J'aime à vous voir ainsi, mais j'éprouve une crainte.
Si la lutte inégale et la brutale étreinte,
Faisaient des plus vaillants les plus infortunés,
Maudirions-nous le jour où les Français sont nés ?...

(Court silence. Avec chaleur)

Nous sécherions nos pleurs en voyant, vers l'aurore,
Des moissons qui sur les charniers doivent éclore;
La revanche viendrait enfin pour les esprits
Sur la force et bientôt le vaisseau de Paris
Emergerait vainqueur du sein de la tempête !

(Avec douceur et tendresse)

Si l'avenir guerrier nóus trahissait, Poète,
Préparez l'autre ; ayez des chants de renouveau
Pour la Ville, flambeau du monde et son cerveau.
Paris vous remercie à cette heure suprême,
Et n'est plus qu'une femme aimante, qui vous aime.

(La Ville baise le Poète au front)

18-19 août 1904.

SŒURS

A-PROPOS EN VERS

Représenté à la Salle des Fêtes de l'Hôtel-de-Ville de Neuilly,
le dimanche 26 février 1905.

PERSONNAGES

La Nuit...................... Mme MAGUÉRA
La Tiède...................... Mlle Renée DERIONY

LA NUIT

Sous les voiles épais qui me couvrent, je suis
L'inspiratrice de Musset; l'une des Nuits ;
Nuit, j'impose une trève aux mortelles alarmes,
J'apaise les douleurs et je sèche les larmes...
J'ai caressé son âme éparse dans le vent,
Et je me suis penchée à son chevet souvent;
Aux heures où son cœur saignait sous la blessure,
Je suis venue à lui qui souffrait; ma main sûre
L'a soigné, l'a guéri; je sais calmer toujours
Sa peine et le sauver, par l'Amour, des amours...

LA TISBE

Mon poête est plus noble et plus fier que le vôtre :
Le mien n'est pas martyr d'amour, il est apôtre ;
Au lieu de se complaire à torturer son cœur,
Il en fait un foyer de tendresse, et vainqueur
De l'égoïsme, de l'envie et de la haine,
Il rive entre tous les malheureux une chaîne
Dont les anneaux sont faits de pitié, de bonté.
Il m'a créée à son image ; ayant été
Vaniteuse, hautaine et par amour méchante,
Ayant semé le mal ainsi que l'oiseau chante
Sans y penser, j'allais me perdre, quand sa main
M'a relevée et m'a montré le droit chemin ;
Je baise cette main qui sait retrouver l'ange
Dans tout être déchu, la perle dans la fange.

LA NUIT

Les hommes valent-ils qu'on leur veuille du bien ?
Mon poête, trahi, pensait comme l'ancien,
Que tout ment chez l'ami, trompe chez la maîtresse,
Que le serment est vain, perfide la caresse.
On donne le meilleur de soi, sa lèvre en fleur
A l'impure qui rit de la jeune douleur ;
Plus tard chez les vendeurs du Temple on s'acoquine,
Le larron achevant l'œuvre de la coquine.
Misérable sur qui s'est acharné le sort,
Tu trouves le repos dans la nuit, dans la mort !

LA TISBE

Vous blasphémez, ma sœur, ou vous riez — c'est pire.
La vie est un étrange et ténébreux empire,

Où nous n'avons pour nous conduire, en vérité,
Que deux phares lointains : la pitié, la bonté.
Mais ils brillent d'un tel éclat, que nos misères
A qui marche, guidé par eux, semblent légères.
Avec celle qui souffre il est doux de pleurer,
Avec celui qui peine il est doux d'espérer !

LA NUIT

Mon poète était bon, mais pourquoi son génie
Après la passion, est-il fait d'ironie ?
C'est qu'il aima trop jeune et connut le néant
De tous les sentiments humains : gouffre béant,
La vie happe au passage et ne rend sa victime
Que vouée au malheur ou destinée au crime.

LA TISBE

S'il s'était dégagé des fragiles amours,
Il serait resté bon ; le mien le fut toujours.
Au fond d'une âme très douloureuse, ou de celle
Qui semblait plus obscure, il trouvait l'étincelle,
La faisait brusquement jaillir ; un diamant
Ne jette pas de feux plus vifs en un moment ;
Et le monde ravi dans les cieux, par les branches,
Voyait voler, croyant rêver, des âmes blanches.

LA NUIT

Je vous écoute, vous avez raison, ma sœur,
Votre chaude clarté dissipe ma noirceur.
Si mon poète avait vécu pour vous entendre,
Son frère, son ami, l'aurait rendu plus tendre.
La pitié, la bonté, ce sont de bien grands mots ;
Si vous trouvez en eux des remèdes aux maux

Dont l'humanité, tant vieille et dolente, souffre,
Je ne vous parle plus de néant ni de gouffre ..

LA TISBE

Si je vous convertis à ma religion,
Nous réconcilions l'idée et l'action.
Avec la mienne, amie, il faut fondre votre âme.
De notre généreuse et fraternelle flamme
Faisons un feu de joie immense, où brûleront
Ce que cache le cœur, ce que couvre le front :
L'hypocrisie avec sa compagne l'envie,
La froide calomnie empoisonnant la vie,
Tous les crimes enfin...

LA NUIT (l'interrompant)

                 Et toutes les laideurs.
Aux lieux où vous vivez, et dans les profondeurs
Que j'habite, il ne doit rien se glisser qui blesse
L'harmonie idéale et sereine : faiblesse
Pour d'autres, mais pour nous force ; ainsi l'ont prescrit
Nos maîtres, unissant la forme avec l'esprit.
Votre Victor Hugo, savant maître d'escrime
Dans les jeux alternés du rythme et de la rime,
A toutes ses chansons mettait un timbre d'or.
Pour Alfred de Musset, les vers sont un trésor
Qu'il dérobe au vulgaire, et rien de laid n'attriste
Ses rêves étoilés de poète ou d'artiste.
Si nous communions, par eux, dans la bonté,
N'en séparons jamais la divine beauté.

TROIS OMBRES

POÉSIE

*Dite au Panthéon pour le 20ᵐᵉ Anniversaire de la mort
de Victor Hugo, le 21 Mai 1905*

Par M. G. VOISIN, Secrétaire Général des Hugophiles

VOLTAIRE

Je ne sais quel frisson soulevait ma poussière,
Je ne sais à quel vent mes cendres ont frémi,
Quand un homme est venu se pencher sur ma bière,
Quand il m'enveloppait d'un long regard ami.

Il était, comme moi, très vieux, courbait la tête,
Mais sa bouche n'avait pas de rictus amer ;
Son œil était profond comme est, dans la tempête,
Celui du matelot qui contemple la mer.

Il m'appelait son chef, son modèle, son maître,
Mais je me sentais humble et petit devant lui ;
Quelque chose venait à son front de paraître
(Cette auréole au front de Virgile avait lui).

Il disait : « Tu fus grand, Voltaire, tu fus juste;
» Tu protégeas le faible et le déshérité;
» Mais tu ne reçus pas du ciel ce don auguste,
» Qui fait l'homme plus grand, l'idéale bonté.

» L'ironie et le froid sarcasme sont des armes
» Qui frappent sûrement; pour panser, pour guérir,
» Il te fallait tremper ton rire dans tes larmes;
» Le poëte a pour loi suprême de souffrir. »

Il dit : Comme au matin se dissipent des voiles,
Les ombres de la nuit quittèrent mon cerveau.
Je me sentis baigné d'une lueur d'étoiles
Et je vis se lever l'aube d'un jour nouveau !

II

LA TOUR D'AUVERGNE

Parmi la flamme et la fumée,
Vers la victoire ou vers la mort,
La cavale, au front de l'armée,
Ne sent pas le frein qu'elle mord.
Rouge de sang, noire de poudre,
Elle court, se rue au danger,
Défiant tout, jusqu'à la foudre,
Pour chasser du sol l'étranger.

Au fond de ma chère Bretagne
Je lisais des livres anciens;
Un cri traverse la campagne :
La France appelle tous les siens !
Comme un plus jeune, je m'élance;
Je pars, je reviendrai vainqueur !

Mais un bienheureux coup de lance
D'outre en outre fend mon vieux cœur.

Je mourus, sans peur ni reproche,
Mais une ombre sur mon bonheur
Descendait : ce siècle tout proche
Aura-t-il son chantre d'honneur ?
A Bonaparte il faut Homère,
Un Tyrtée aux nobles revers,
Et la gloire est moins éphémère
Qui se perpétue en beaux vers...

Je puis reposer : la bataille
Qui se livre pour le bon droit
Suscite un poète à sa taille ;
Plus elle rugit, plus il croît.
Quand il célébrait la patrie,
Je voyais passer, radieux,
Dans une sublime furie,
Les volontaires de l'an deux !

III

VICTOR HUGO

O Morts, dont les couchants évoquent des aurores,
Qui portez aux chemins de l'ombre des flambeaux,
Vous paraissez plus grands sous ces voûtes sonores
    Et plus vivants dans vos tombeaux.

Ta voix a dominé tout un siècle, Voltaire,
Et pour avoir tenu d'un geste souverain
Ta plume, tu régnas sur les rois de la terre,
    Ton nom est gravé sur l'airain.

La Tour d'Auvergne, honneur, fleur des races celtiques,
Sous les plis du drapeau flottaient tes cheveux gris :
Tu mêlais l'Evangile à des vertus antiques
            Dont tu ne cherchais pas le prix.

Mais si le philosophe, interrogeant les causes,
A vu dans l'idéal la loi de l'avenir ;
Si le guerrier n'a pas limité toutes choses,
            A lutter, à vaincre, à punir ;

Si tous deux se sont dit qu'il fallait un poète,
Pour marcher avec eux et la main dans la main,
Je m'enorgueillis d'être et poète et prophète
            Et de leur montrer le chemin.

Restons ici. Ces lieux sembleront moins funèbres,
Quand les habiteront nos esprits fraternels ;
De nos souffles unis dissipons les ténèbres,
            Chassons les leurres éternels.

Dans une causerie intime et familière,
Je leur enseignerai la divine bonté,
Et nous la répandrons, comme faisait Molière,
            Pour l'amour de l'humanité !

L'INAUGURATION DU 21 JUILLET 1905

Discours du Président des HUGOPHILES

MONSIEUR LE REPRÉSENTANT DU MINISTRE
DES BEAUX-ARTS,

MONSIEUR LE CONSEILLER MUNICIPAL,

MESDAMES, MESSIEURS,

Ce n'est pas sans une émotion profonde que je prends le premier la parole, au seuil de cette demeure historique, pour remettre à M. Frey, fils du propriétaire de Victor Hugo, le petit monument érigé par la piété filiale des Hugophiles ; et, comme président de cette Société, pour remercier les autorités, le public nombreux et choisi qui honorent de leur présence cette solennité littéraire.

De tous les domiciles parisiens de Victor Hugo — et on l'a rappelé, ils sont nombreux, depuis le jardin des Feuillantines, qui abrita son enfance, jusqu'au petit hôtel, hélas ! en proie aux démolisseurs, où il rendit le dernier soupir, en passant par la chartreuse de la rue Notre-Dame-des-Champs, théâtre des premières luttes romantiques, et la maison-musée de la place Royale, où s'épanouit, d'où rayonna sa gloire — de toutes ces résidences augustes encore pleines du frémissement des rimes et du murmure des phrases sonores, il n'en est pas une qui, plus que celle-ci, commande le respect. Victor Hugo y entra ayant déjà fait deux parts de son œuvre et de sa vie, l'une pour le beau, pour l'art pur, l'autre pour le vrai et le bien ; l'une qui se développait harmonieusement dans les plus beaux recueils de vers, le plus éblouissant roman, les plus admirables drames du siècle passé ; l'autre qui demandait aux discours de la tribune, aux écrits en prose où le style se fait plus serré et plus pressant, le redressement des torts, l'avènement du droit et de la justice. Il en sortit, de cette demeure ennoblie par lui, ayant fondu ces deux inspirations, ayant mis la Poésie au service de sa conscience. Et quel phénomène produisit cet admirable résultat? L'indignation, dont le poète antique a pu dire qu'elle crée la poésie même; l'indignation féconde, que le crime impuni devait porter à son paroxysme. Oui, Messieurs, Victor Hugo avait été, jusqu'à la veille du 2 Décembre, le plus prestigieux de nos poètes; il devint, à cette date, le plus implacable de nos écrivains. Il était notre Virgile; il ajouta à sa lyre, pour devenir notre Juvénal, la corde d'airain des *Châtiments*.

L'Histoire d'un crime, Napoléon le petit, le rapprochaient de Tacite.

Et, par une progression logique, son œuvre élargie, où passaient désormais tous les souffles de l'humanité, aboutit à l'épopée sociale des *Misérables*.

C'est l'impérissable honneur de cette maison, d'avoir été le témoin latent de cette transformation, de cette suprême évolution du génie. Si ces pierres pouvaient parler, de quelles luttes héroïques, plus glorieuses encore que les batailles romantiques, de quelles tempêtes intimes ne nous entretiendraient-elles pas!

Voilà pourquoi, Mesdames et Messieurs, les Hugophiles ont voulu consacrer ce lieu en y plaçant l'image du maître, du père — petite image, en vérité, et qui contraste avec la grandeur du modèle. Les grandes causes, à l'inverse de ce qui se passe souvent, ont produit de petits effets. Qu'importe? Victor Hugo est si grand dans toutes les mémoires, que les dimensions d'un quelconque de ses bustes seront à peine remarquées. Il suffit que le buste, c'est-à-dire le souvenir, témoigne de la constante admiration de ses fidèles.

Un hommage modeste convient, d'ailleurs, à une Société modeste. Et ceci m'amène à vous dire un mot des Hugophiles, qui n'ont pas de marbre et d'or à mettre aux pieds de leur idole. Ils sont riches surtout de bonnes intentions. Mais ils honorent le génie avec une reconnaissance attendrie, qu'ils étendent, par ma voix, jusqu'aux personnalités qui leur donnent aujourd'hui un précieux encouragement, j'ose dire une consécration officielle : M. le Représentant du Sous-Secrétaire d'Etat aux Beaux-Arts, M. le Conseiller Municipal, si dévoué aux intérêts du quartier, et tant d'autres, poètes, artistes, simples spectateurs, réunis avec le propriétaire de la maison et le concierge nonagénaire qui a connu Victor Hugo, pour témoigner, et de leur admiration pour le maître, et de leurs sympathies pour ses disciples, membres de notre Société.

Merci donc aux présents ! Nul ne s'étonnera pourtant de m'entendre réserver l'expression la plus émue de notre reconnaissance, à un absent, à un témoin de la vie de Victor Hugo, à son ami le plus cher, au vénéré M. Paul Meurice, qui m'a écrit de Veules-les-Roses l'admirable lettre suivante :

« *10 Juillet 1905.*

» Monsieur le Président et cher Confrère,

» Le 2 Décembre 1851, au matin, Victor Hugo quittait la » maison de la rue de La Tour-d'Auvergne, qu'il habitait depuis » deux ans à peine. Il la quittait, pour n'y jamais rentrer, et » avant de partir pour l'exil, il s'en allait errer pendant plusieurs » jours, sans asile, à travers Paris, pour tenter, avec Baudin, » Schœlcher, Jules Favre, et d'autres vaillants de l'Assemblée » Nationale, une lutte désespérée contre le coup d'Etat triom- » phant. Tel est le souvenir qui s'attache à cette maison. C'est » bien à la Société des Hugophiles, que vous présidez avec un » zèle si éclairé, d'avoir voulu, fidèle à ses habitudes, consacrer » la maison et le souvenir. »

Vous penserez, avec moi, Mesdames et Messieurs, que cette lettre est une vraie page d'histoire, aussi noblement pensée que magistralement écrite. Pour nous, Hugophiles, nous l'inscrivons à notre livre d'or ; elle est la récompense de nos efforts passés, et nous guide vers l'avenir.

ACHEVÉ D'IMPRIMER

le 30 novembre 1905

par A. MORIN, 8, *rue Voltaire, à Nantes*

NANTES

Imprimerie A. MORIN

Rue Voltaire, 5

www.ingramcontent.com/pod-product-compliance
Lightning Source LLC
Chambersburg PA
CBHW060757180626
46818CB00002B/601